Hubert PAJOT

Théodore de Banville

UN ACTE EN VERS

MOULINS

CRÉPIN-LEBLOND, IMPRIMEUR-ÉDITEUR

1923

THÉODORE DE BANVILLE

UN ACTE EN VERS

Représenté pour la première fois, au THÉATRE MONTMARTRE,
par les « Compagnons du Griffon », le lundi 14 mai 1923.

Hubert PAJOT

Théodore de Banville

UN ACTE EN VERS

MOULINS

CRÉPIN-LEBLOND, IMPRIMEUR-ÉDITEUR

1923

Il a été tiré

Cinquante exemplaires numérotés

sur papier pur fil « Lafuma ».

———

« Mon Dieu, répondis-je,... je crois que vous escamotez quelquefois l'idée sous la richesse de la draperie. »... Depuis, j'ai réfléchi... Banville avait raison.

Clovis HUGUES

PERSONNAGES

THÉODORE DE BANVILLE.................. MM. Simon

CLOVIS...................................... Descombes

EUDORE TALPIN........................... Lavialle

L'HOTESSE.................................. Mmes R. le Quéré

Mme COALTAR............................. G. Fontan

ALIZON..................................... C. Barré

————

Un salon, à Paris, en 1878.

————

Théodore de Banville

SCÈNE I

L'HOTESSE, ALIZON

*Près de la cheminée, l'hôtesse tapisse au métier. Entre Alizon,
un papier à la main ; elle porte la coiffe des Nivernaises.*

ALIZON

Madame, une dépêche !

L'HOTESSE

Eh bien ?

ALIZON

Jésus, Marie !

L'HOTESSE

Ma commère Alizon, vous voilà bien marrie !

ALIZON

Ah ! sûr, je n'aime pas tous ces papiers !

L'HOTESSE

Pourquoi?

ALIZON

Ça vous tombe dessus qu'on en demeure coi !
Chez nous, pour annoncer les nouvelles moroses,
Nous prenons des façons, nous les tournons en rose...

L'HOTESSE

Ah ! chez vous !

ALIZON

Dame ! On a moins de papiers, jarni !
Mais bien plus de plaisir dans nos sabots vernis.

L'HOTESSE

Pauvre Alizon !

ALIZON

Le jour où Monsieur de Banville,
Votre ami, m'a poussée à venir à la ville,
Je voulais rien savoir, je trépignais !

L'HOTESSE

Non ?

ALIZON

Si !

Sans Madame, bien sûr, je serais loin d'ici,
Loin de votre Paris, au milieu des genièvres !

L'HOTESSE

Ah ! vous l'aimez, la Nièvre ?

ALIZON

Oui, je l'aime, ma Nièvre,
Ma maison, mon jardin, où trotte mon neveu
Qu'a du poil de carotte en guise de cheveu !
Jamais dormir chez soi, dame ! on la trouve amère !

L'HOTESSE

Vous dormirez chez vous, Alizon, ma commère !

ALIZON

Oui, dans un coffre en bois, sous la fleur du souci !
Ben dame !... Mais je tiens votre papier...

L'HOTESSE

Merci !

Marseille... De ma sœur !

ALIZON

(Pleine de crainte.)

Ah ! mon Dieu !

(Puis, comme sa maîtresse la gronde :)

Je suis bête !

L'HOTESSE

Oh ! pas grave !... Ma sœur nous envoie un poète !

ALIZON

Un pareil à Monsieur de Banville ?

L'HOTESSE

Un pareil,

Mais plus jeune !

ALIZON

Un Monsieur qui parle du soleil ?

L'HOTESSE

Il en parle, sans doute !

ALIZON

Un Monsieur qui cancane
Si bien, qu'il en oublie à la porte sa canne ?

L'HOTESSE

Ma commère Alizon, vous vous dissipez bien !

ALIZON

Mon Dieu, je me faisais bien de l'ennui pour rien !

L'HOTESSE

Allumez !

ALIZON

Le gaz ?

L'HOTESSE

Oui !

ALIZON

Je préférais mon huile !

(Elle sort.)

L'HOTESSE

Un poète à guider dans Paris, quelle tuile !
Banville seul pourra me tirer de ce pas ;
Mais il n'arrive pas !

(Elle regarde à la fenêtre, s'impatiente.)

Il n'arrivera pas.

(Elle prépare le thé.)

Banville, allons ! le thé dans votre tasse odore !
Arrivez-nous, bon Théodore !

(Alors Banville apparaît dans l'embrasure de la porte.)

SCÈNE II

L'HOTESSE, BANVILLE

BANVILLE

Théodore !

L'HOTESSE

Ah ! mon cher, cela s'appelle tomber à pic !

BANVILLE

Pour nous rimeurs, tomber à pic, voilà le hic,
Madame ; mais parfois on échoue à l'escrime.

L'HOTESSE

Cette fois, vous tombez à pic comme une rime !
Il m'arrive un bolide, un énorme embarras :
Il me tombe un de vos confrères sur les bras !

BANVILLE

Je vous plains !

L'HOTESSE

Oh ! pardon !... Je reçois de Marseille
Une dépêche...

BANVILLE

Une dépêche ?

L'HOTESSE

Une merveille !
« Vous envoyons jeune poète chevelu ;
Débarquera chez vous, riche d'espoirs, sans plus ;
Naïf, intimidé par la moindre riposte ;
S'il n'arrive ce soir, le réclamer au poste.
Il se nomme Clovis. »

BANVILLE

Clovis ? Ah ! sarpejeu !
Je connais ce Clovis ! Un poète de feu,
Un coureur de chimère au mépris des désastres,
Un bolide, oui, madame, un échappé des astres !

L'HOTESSE

L'avez-vous rencontré ?

BANVILLE

Non, je connais ses vers ;
Or, toujours, plus ou moins, l'homme perce à travers.

L'HOTESSE

Il a de la valeur ?

BANVILLE

Il chante la justice,
Il offre à l'avenir sa vie en sacrifice,
Il rêve d'élargir avec ses propres mains,
Comme un simple artisan, notre bonheur humain,
Car il ajoute, en sa nature décidée,
L'amour de l'action à celui de l'idée...
Mais, pour atteindre où sa chimère le haussa,
Nous devrions porter Pélion sur Ossa,
Car nous ne sommes plus au siècle de la Grèce,
Mais le noir financier sur notre dos s'engraisse,
Et nous inaugurons, par ces jours sans relief,
Non l'âge d'or, mais l'âge du papier Joseph !
Aussi bien, sans chercher à corriger la sphère,
Du rêve intérieur sachons nous satisfaire ;
Loin de ce monde, épris des plus vils étalons,
Prenons Pégase à la crinière, détalons,
Puis, bien barricadés dans nos rouges demeures,
Aimons, buvons, fumons, dans l'insouci des heures ;
Parfois, laissons sur terre une chanson flotter...
Si nous touchons un cœur, nous aurons bien chanté !

L'HOTESSE

Mais Clovis ?

BANVILLE

Ah ! Clovis aura belle partie
S'il borne son orgueil à cette modestie ;
Mais je crains...

L'HOTESSE

Vous craignez ?...

BANVILLE

Qu'il ne vise plus haut,
Et qu'au lieu d' « Il faudrait ! » il ne déclare : « Il faut ! »
Qu'il ne donne à ses coups de plus vivantes cibles,
Qu'il n'entreprenne enfin cette chose impossible
De modeler le cœur de l'homme à l'ébauchoir,
Car il verra son nom dans les sarcasmes choir.

L'HOTESSE

J'espère bien, mon cher, que tous ces avis sages,
Vous les lui donnerez ; car, pour moi, j'envisage
Que je les tournerais de drôle de façon ;
De plus, comme il n'a pas de soutien, ce garçon,
Mais que vous-même entrez dans toutes les boutiques
Comme chez vous, que vous tutoyez les critiques,
Ces monstres plus cruels que des alligators,
J'espère bien que vous deviendrez son Mentor.

Théodore de Banville

BANVILLE

Ah ! vous me confiez une bien lourde charge !
Nous sommes tous un peu comme l'oiseau du large
Que chanta Baudelaire ; et, de l'azur ôtés,
Nous ne sommes plus rien que de grands empotés !
Enfin, je tâcherai de lui montrer la voie
Où de la Beauté seule on demeure la proie...

L'HOTESSE

J'ai confiance, alors...

(Regardant l'heure.)

Mais il tarde beaucoup !
Sans doute un financier l'aura pris par le cou !

BANVILLE

On frappe !

L'HOTESSE

Entrez !

(Alors Clovis entre, mal peigné, mal habillé.
Il tortille sa casquette dans ses doigts.)

SCÈNE III

L'HOTESSE, BANVILLE, CLOVIS

CLOVIS

(Avec géne.)

Clovis !

L'HOTESSE

Bonjour. monsieur le Cygne !

CLOVIS

Madame, excusez-moi ; je viens de la consigne,
Je m'étais égaré parmi tous les colis...
Je suis couvert de foin... je ne suis pas joli !

L'HOTESSE

Vous nous avez trouvés sans peine ?

CLOVIS

Pas sans peine !
On m'a mal renseigné... je n'ai pas eu de veine...
On m'a même trompé, je pense.

L'HOTESSE

Oh ! les vilains !

Théodore de Banville

CLOVIS

J'arrive du pays, je n'ai pas l'air malin...

BANVILLE

Vous voici délivré des nécessités viles ;
Nous sommes vos amis.

CLOVIS
(Confus, mais ravi.)
Oh !

L'HOTESSE
(Présentant.)
Monsieur de Banville.

CLOVIS
(Stupéfait.)

Monsieur ?...

L'HOTESSE
Oui, le poète !...

CLOVIS
Ah ! nom d'un chien !
(Se reprenant bien vite.)
Pardon !

Je suis un ouvrier, je jure !

BANVILLE

Jurez donc,
Pourvu que vous soyez sincère !

L'HOTESSE
(Souriant.)

Mais vous l'êtes !

CLOVIS

Mon langage, parfois, manque un peu de toilette...
Puis...
(Désignant Banville.)

Je suis si troublé...

L'HOTESSE

Voyons, remettons-nous !

CLOVIS

Ah ! maître ! je devrais vous parler à genoux !

BANVILLE

Mais pourquoi ?

CLOVIS

Parce que, de tous mes jours vulgaires,
Vous avez si bien su me consoler naguère...

Théodore de Banville

BANVILLE

Avec mes vers ?

CLOVIS

Avec vos poèmes claqueurs,
Si forts qu'ils imposaient leur mesure à mon cœur !

BANVILLE

Vous me voyez ému de cette réussite...

CLOVIS

Ah ! vous savez si bien évoquer tous les sites
Merveilleux, pour masquer nos paysages laids,
Si bien sur la lumière ouvrir tous les volets !

BANVILLE

Mais vous-même, souffrez que je vous complimente !
J'ai trouvé dans vos vers de très nobles tourmentes ;
Or, hélas ! aujourd'hui, de Rome à Singapour...

L'HOTESSE

Vous êtes un sincère !

CLOVIS

Oui, car j'ai payé pour !...

L'HOTESSE

Sans doute votre vie ?...

CLOVIS

Ah ! madame, ma vie
N'a pas toujours été sur des plats d'or servie ;
Chez mon père, pauvre meunier sans un lopin,
Pour les autres, déjà, je préparais le pain ;
Mais un jour le moulin éclata dans l'orage ;
Alors, bâton en main, je partis, plein de rage ;
J'échouais à Marseille, un soir, à moitié mort,
Sans un sou ; je me fis embaucher sur le port ;
J'embarquais les colis dans la sueur, la suie ;
Parfois, levant mon front que personne n'essuie,
Je regardais partir sur la mer les fardeaux
Qui tout à l'heure encore avaient plié mon dos.
Moi, je restais cloué, parmi les caisses vides
Comme ma vie ; alors je devenais livide
Car je savais pour qui, nous autres moussaillons,
Nous souffrions la faim, nous étions en haillons,
Car j'avais vu, derrière une vitre embuée,
Se régaler la société prostituée ;
Car je savais tous les calculs, tous les dessous,
La traite, les trafics, la puissance des sous...
Alors, à voir les uns toujours manger les autres,
Je sentis s'éveiller en moi-même un apôtre ;
Je me dis : « A quoi bon le poète immortel

S'il laisse l'ennemi confondre ses autels ?
Qu'il pose sur le seuil de sa maison sa lyre,
Qu'il entraîne le peuple en un sacré délire
Pour chasser du pays les souilleurs d'idéal ;
Ensuite, il chantera Vénus ou Floréal ! »

BANVILLE

J'eus ce beau rêve !...

CLOVIS

       Alors, hier soir, d'un pas brusque,
J'ai quitté le travail, j'ai rassemblé mes frusques,
Puis, enivré, poussé par un dieu sans merci,
Je me suis élancé dans le train ! Me voici ;
Je suis venu mal habillé, sans une pomme,
Dans ce Paris, que pour ses vices l'on renomme,
A seule fin de bouleverser ce Paris,
De m'imposer, malgré les ris, malgré les cris !
Oh ! je ne poursuis pas une fin vagabonde,
Non, mais j'espère bien changer un peu le monde !

BANVILLE

(Sceptique.)

Le monde !...

CLOVIS

      Apprendre à tous à distinguer le mal
Du bien !

BANVILLE

Le mal !...

CLOVIS

Chasser de l'homme l'animal ;
Répandre, car enfin la vérité possède
Une force à laquelle il faudra bien qu'on cède,
Cette religion de la main dans la main
Qui changera la terre en paradis, demain !

BANVILLE

Demain !

CLOVIS

Demain, l'humanité fera peau neuve ;
On défendra gratis les orphelins, les veuves ;
Demain, loin des combats que jadis nous prisions,
L'homme embrassera l'homme avec effusion !

L'HOTESSE

Eh bien, monsieur Clovis !

BANVILLE

Ma parole !

L'HOTESSE

J'espère !

BANVILLE

Je crois que dans Paris, vous trouverez à faire...

CLOVIS

(*Regardant à la fenêtre où scintillent les feux de la rue.*)

Ah ! Paris, te voilà, plein de feux rutilants,
Avec tes gens pressés, tes badauds nonchalants,
Avec les sillons fous de tes riches voitures,
Avec tous les défis de tes architectures,
Avec tes magasins de feu, d'or, de paillons,
Où la vertu se brûle ainsi qu'un papillon !
Ah ! tes trésors, tu les fourbis, tu les étales ;
Mais je vais te brider ! A nous deux, capitale !

L'HOTESSE

(A *Banville.*)

Hélas !

BANVILLE

Pensez-vous pas qu'il faille l'éclairer ?

CLOVIS

Paris !...

L'HOTESSE

Gardons-nous en !

— 26 —

BANVILLE

Il sera déchiré
Le jour où tombera son espérance brève !

L'HOTESSE

Laissons les jeunes gens se bercer dans leurs rêves !

CLOVIS

Paris !...

BANVILLE

Je me souviens du jour où j'ai compris...
Il va pleurer...

L'HOTESSE

N'importe ! Il rayonne !

CLOVIS

(A *Clovis.*)

Paris !

BANVILLE

Bravo pour votre ardeur !

CLOVIS

Ah ! maître, je déborde !

L'HOTESSE

Je vous comprends !

CLOVIS

Je vais briser les vieilles cordes !

BANVILLE

Bien sûr !

CLOVIS

Vous m'approuvez ?

BANVILLE

De bon cœur !

CLOVIS

Rien de faux
Dans mes convictions ? C'est bien cela qu'il faut ?

BANVILLE

C'est cela qu'il faudrait !...

CLOVIS

D'ailleurs, si des critiques
Me disaient : « Votre rêve est mauvais, peu pratique ;
Vous ne manquerez pas de perdre votre temps... »
Eh ! bien, je répondrais par un rire éclatant !

BANVILLE

Mais personne ne songe à tenir ce langage !

L'HOTESSE

Personne !

BANVILLE

Toutefois, souffrez qu'on vous engage
A bien vous prémunir...

CLOVIS

Mais je ne suis pas neuf !

L'HOTESSE

Non !...

CLOVIS

Je ne compte plus, madame, jusqu'à neuf !

BANVILLE

Bien sûr ! Mais pour tenter une telle entreprise,
Parachevez encore un peu votre maîtrise !

CLOVIS

Mais je ne suis...

L'HOTESSE

Mettez les as dans votre jeu !

BANVILLE

Je vous emmènerai dans le monde...

Théodore de Banville

CLOVIS

Mais je...

BANVILLE

Vous pourrez à loisir compléter vos études.
Oh ! vous serez soumis à des épreuves rudes,
Vous trouverez des gens très persona grata,
Mais que le seul désir de s'enrichir gratta ;
Une vieille, parfois, moins prude que prudente,
Vous parlera d'amour d'une voix qui s'édente ;
Mais bah ! Tous ces ennuis qu'emportera la nuit
Pourront vous éviter de plus graves ennuis.

(Voix dans la coulisse.)

L'HOTESSE

Mais je crois justement qu'il m'arrive du monde...

(On frappe.)

Entrez !

CLOVIS

Je vais partir...

L'HOTESSE

Restez une seconde !

SCÈNE IV

LES MÊMES, Mme COALTAR, TALPIN

Entrent Mme Coaltar, vieille dame en toilette étourdissante, et Talpin,
gros monsieur vulgaire, couvert de bijoux.

L'HOTESSE

Ah ! vous, ma chère amie... Et vous aussi, mon bon !

MADAME COALTAR

Nous nous sommes trouvés dans l'escalier...

TALPIN
                                    D'un bond,
Je viens vous inviter à notre crémaillère !

MADAME COALTAR

A mon thé, demain soir !

TALPIN
(Se contorsionnant.)

Sans façons !

MADAME COALTAR
(De même.)
                          Sans manières !
(Puis, apercevant Banville:)

Ah ! cher poète exquis ! Nous espérons vous voir...

TALPIN

A notre crémaillère !...

MADAME COALTAR

A mon thé, demain soir !

TALPIN

Nous partons !

L'HOTESSE

Attendez qu'on vous fasse connaître
Notre nouvel ami !...
(Elle le cherche des yeux.)
Mais?...

BANVILLE

Là, dans la fenêtre !

L'HOTESSE
(Sortant Clovis des rideaux où il s'était caché.)

Monsieur Clovis, jeune poète d'avenir !

MADAME COALTAR

Ah ! cher monsieur, je ne pouvais me retenir,
A vous voir dans ce coin, de vous juger poète,
Car un poète a, seul, cette pudeur parfaite !

L'HOTESSE

(Le débarrassant de sa paille et lui arrangeant sa cravate.)

Arrivé de ce soir à Paris, il n'a pas
Encore eu bien du temps pour soigner ses appas...

(Présentant.)

Madame Coaltar... Monsieur Talpin, Eudore...

CLOVIS

(Cérémonieux.)

Oh ! madame !... Monsieur !...

MADAME COALTAR

Un poète... j'adore !

TALPIN

Un poète connu ?

BANVILLE

Très connu !

CLOVIS

Oh ! mais non !

BANVILLE

Mais si !

L'HOTESSE

Vous le serez !

Théodore de Banville

TALPIN

Facile à faire, un nom !

L'HOTESSE

Mais bien sûr ! Notre ami s'occupe... de...

TALPIN

D'affaires !

L'HOTESSE

Une chance !...

TALPIN

Il faudra qu'avec vous je confère.

L'HOTESSE

·Mais comme vous voudrez ! Vous avez mon salon...

TALPIN

Oh ! je crains...

L'HOTESSE

(*Le rassurant.*)

Cher ami !

TALPIN

Ce ne sera pas long !

L'HOTESSE

Banville, au coin du feu, nous fera la gazette.

MADAME COALTAR

Ah ! j'adore cela, ma chère !

> *(Alors, deux groupes se forment : autour de la cheminée,
> l'hôtesse, Mme Coaltar et Banville : à l'autre bout du
> salon, Clovis et Talpin.)*

TALPIN

Alors, vous êtes ?...

CLOVIS

Clovis !

TALPIN

Vous écrivez ?

BANVILLE

En ces jours printaniers,
J'aime à voir Titien débauché par Téniers.

CLOVIS

J'ai déjà publié des volumes moroses...

TALPIN

Plusieurs ?

Théodore de Banville

CLOVIS

Soirs de bataille.

TALPIN

Ah ! de bataille ! En prose ?

CLOVIS

En vers ! Puis *Souvenirs de prison.*

TALPIN

De prison ?

CLOVIS

Oui, j'ai traité le juge, un jour, de Brid'oison.

TALPIN

Admirable ! Voilà qui vous pose !

CLOVIS

Sous presse,
Je vais mettre demain ma grande œuvre maîtresse :
Les Evocations...

TALPIN

Beau titre ! Essentiel,
Un beau titre, mon cher !

CLOVIS

... Où j'ouvre un nouveau ciel !

TALPIN

Un beau titre !

CLOVIS

Un ciel pur, pas à travers des vitres !

TALPIN

Un nouveau ciel importe peu, mais un beau titre !

CLOVIS

Ah ?

BANVILLE

Je disais à l'Odéon, l'autre matin :
« Qui nous délivrera, mon Dieu, des strapontins ? »

TALPIN

Voulez-vous arriver ?

CLOVIS

Je crois bien !

TALPIN

                        Je vous offre
De vous donner la gloire et de remplir vos coffres.

CLOVIS

Oh ! monsieur !...

TALPIN

Vos désirs ?

CLOVIS

Je voudrais être un chef!

TALPIN

Vous le serez ! Vous donnerez des ordres brefs !
Ensuite ?

CLOVIS

Séparer le bon grain de l'ivraie...

TALPIN

Vous serez un Messie à la parole vraie !

CLOVIS

Etablir à jamais le règne de l'amour...

TALPIN

Vous aurez assez d'or pour le faire ! En retour,
Je vous demanderai de me céder votre œuvre,
Aussi bien du passé que de l'avenir ; pieuvre,
Je ne le suis jamais, monsieur, car j'ai du cœur !

— 38 —

CLOVIS

Mon œuvre !...

TALPIN

Je vous lance !

CLOVIS

Alors, à la rigueur...

TALPIN

Je vous installerai comme un vrai coq en pâte !

CLOVIS

(*Aux anges.*)

Monsieur !...

TALPIN

Je vous ferai, pour que rien ne se gâte,
Une publicité considérable, car
Je vous veux plus connu que le Gaurisankar !

CLOVIS

Oh ! monsieur !...

TALPIN

Puis, je crois qu'il sera très utile
De renseigner Paris sur vos gestes futiles,
Sur vos repas, sur votre bain, sur vos façons...

CLOVIS

(*Etonné.*)

Monsieur ?...

TALPIN

Sur la couleur de tous vos caleçons,
Sur votre vie intime...

CLOVIS

(*Indigné.*)

Oh ! monsieur !

TALPIN

Je vous lance !
On notera tous vos discours, tous vos silences ;
Vous ne ferez un pas dans le lieu le plus clos
Sans avoir des regards autour de vous éclos.

CLOVIS

Mais...

TALPIN

Je vous choisirai, par un pur privilège,
Une maîtresse...

CLOVIS

(*Sursautant.*)

Une maîtresse ?

TALPIN

Vous lancé-je?
Une maîtresse d'importance, et qui, déjà,
Aura connu des rois, des sultans, des rajahs,
Se sera mise dans le train par des histoires...

CLOVIS

Mais à la fin, monsieur !...

TALPIN

Voulez-vous de la gloire?

BANVILLE

Heureux l'artiste à qui, loin des impurs purins,
La muse aura donné ses baisers purpurins !

TALPIN

Mais cette femme, quitte à passer pour infâme,
Vous la cocufîrez avec une autre femme,
Ce qui fera d'ailleurs bondir hors de ses gonds
Le mari, qui sera général de dragons ;
Vous aurez un duel où, sans autre palabre,
Il vous transpercera le corps avec son sabre,
Et ce coup, qui sera de tout le monde appris,
Servira de matière à mille jeux d'esprit.

Théodore de Banville

CLOVIS

(*Eclatant, mais de manière que l'autre groupe n'entende pas.*)

Mais monsieur !...

TALPIN

Quoi, monsieur ?

CLOVIS

A la fin, je m'insurge !

TALPIN

Tiens ! Mais vous possédez des dons de dramaturge !

CLOVIS

Monsieur, je suis venu pour élever...

TALPIN

Bravo !

CLOVIS

Elever le niveau !

TALPIN

Le niveau ?

CLOVIS

Le niveau

Moral !

— 42 —

TALPIN

Réfléchissez !

CLOVIS

Non !

TALPIN

Vous pouvez m'écrire :
Voici ma carte !

CLOVIS

Non !

TALPIN

Tenez !

CLOVIS

Je la déchire !

TALPIN

Si je fonde un journal nommé *le Juvénal*,
Je vous fais directeur de ce nouveau journal !

CLOVIS

(*Cherchant son chapeau.*)

Inutile !

TALPIN

Ecoutez !

L'HOTESSE

(A *Madame Coaltar.*)

Une tarte à la crème?

TALPIN

Ecoutez !

MADAME COALTAR

(A *Banville.*)

Dites-nous votre dernier poème !

CLOVIS

J'ai l'honneur !...

TALPIN

En tous cas, je m'appelle Talpin,
Eudore ; notez-le sur votre calepin !

L'HOTESSE

(A *Clovis, qui l'a rejointe.*)

Eh ! bien, Clovis ?

CLOVIS

Madame, une raison majeure
M'oblige à m'éloigner...

L'HOTESSE

Déjà ?

CLOVIS

Mais... l'heure...

L'HOTESSE

L'heure ?...

Je vous garde à dîner !

CLOVIS

Oh ! non !

L'HOTESSE

Si !

CLOVIS

Je ne puis !

L'HOTESSE

Je garde aussi Monsieur !

BANVILLE

Laissez-vous faire !

MADAME COALTAR

(A *Clovis.*)

Puis

Je voudrais vous prier...

(A *l'hôtesse, pour se faire autoriser.*)

Chère amie ?...

L'HOTESSE

Au contraire!

MADAME COALTAR

(A Clovis.)

D'honorer de vos vers mes lundis littéraires...

*(Deux nouveaux groupes se forment,
Talpin et Madame Coaltar ayant échangé leurs places.)*

BANVILLE

(A Talpin.)

Alors?

TALPIN

Bien jeune encore!

CLOVIS

(Encore ému de l'algarade.)

Oh! madame!

TALPIN

Mais on
En a vu de plus fiers se mettre à la raison!

MADAME COALTAR

En dehors des lundis où personne ne tique,

Je donne aussi, mon cher, des mardis artistiques ;
Venez !

CLOVIS

Madame !...

TALPIN

Il va réfléchir, je le sens !
Poussez-le !

BANVILLE

Je vous crois !

MADAME COALTAR

Des mercredis dansants !

TALPIN

Plaidez pour moi !

BANVILLE

Bien sûr !

TALPIN

En somme, ce novice...

MADAME COALTAR

Des jeudis impromptus !

— 47 —

TALPIN

... Vous lui rendrez service !

CLOVIS

Oh ! madame !

MADAME COALTAR

A Paris, vous êtes seul, bien seul !

TALPIN

Je ne l'oublîrai pas !...

MADAME COALTAR

Vous serez mon filleul !

CLOVIS

Madame !

MADAME COALTAR

Je serai votre petite amie...
Chez moi, vous trouverez toute l'Académie,
Car avec Mazarin, mon cher, je suis au mieux !
J'ai d'ailleurs appuyé plusieurs de ces messieurs...
Un jeune poète...

CLOVIS

(*Intéressé.*)

Ah ?...

MADAME COALTAR

Comme vous... moins poète !

CLOVIS

Oh ! madame !

MADAME COALTAR

Il avait vos cheveux de tempête,
En moins tempétueux !

CLOVIS
(*Charmé.*)
Madame !

MADAME COALTAR

Comme vous,
Des yeux noirs, en moins noirs ! Votre air doux, en moins doux !
Tandis que mon mari courait la pretantaine,
Il tenait compagnie à ma pauvre âme en peine ;
Nous nous attendrissions jusqu'à la pâmoison,
Ou bien nous bavardions comme de vrais oisons,
Car, moi, je ne suis pas pour les discours arides
Et dans l'intimité, mon cher, je me déride !
Hélas, il me quitta pour une virago,
Pour une Américaine...

CLOVIS

(*Commençant à comprendre.*)

Ah ! bah ?

MADAME COALTAR

(*Avançant sur Clovis, qui recule.*)

De Chicago !

Depuis, je sens en moi comme un vide...

CLOVIS

(*Qui a compris.*)

Madame !...

MADAME COALTAR

(*Même jeu.*)

Jeune encore, je suis comme un lys sans dictame,
Je trouve autour de moi les choses sans élan...

CLOVIS

(*Reculant toujours.*)

Mais madame !

MADAME COALTAR

J'aurais besoin d'un stimulant !

(*Lui saisissant le bras.*)

Oh ! Vous serez ce stimulant ! De mes armoires,

Je sortirai pour vous, linon, dentelle et moire
Que je ferai valoir avec des gestes lents
Lorsque je marcherai dans un flot de volants !
Ne croyez pas surtout que je sois décrépite ;
J'ai de la fougue encore, et même je crépite !
Enfin, bon pied, bon œil, bon cœur, et le restant...
Je crois, mon cher ami, que vous serez content !

CLOVIS

(*Eclatant, mais cette fois de manière que tout le monde entende.*)

Ah ! voleurs, vous voulez mon corps après mon âme !
Assez !

MADAME COALTAR

Clovis !

CLOVIS

Assez de ces trafics infâmes !
Je ne me retiens plus, madame ! Au pilori
Je vais vous mettre avec le reste de Paris !

L'HOTESSE

Ah ! mon Dieu !

CLOVIS

Gare à vous !

MADAME COALTAR

Quelle déconvenue ?

L'HOTESSE

Mais que se passe-t-il ?

CLOVIS

J'ai vu leur âme nue !

(A *Talpin et à Madame Coaltar.*)

Ah ! je comprends pourquoi vous rôdiez alentour !

TALPIN

Mais...

CLOVIS

Vous êtes friands de notre cœur, vautours !
De notre cœur à nous, plus pourpre que vos gemmes,
Car vous n'en avez pas, vous, de cœur !

MADAME COALTAR

(A *Banville, pour lui demander secours.*)

Maître !

BANVILLE

(*Jouant du piano.*)

J'aime...

Ce ton !

TALPIN

(*Désignant Clovis à Banville.*)

Nous voudrions qu'un peu vous cingliez...

CLOVIS

Mais nous vous traînerons au soleil, sangliers,
Comme Hercule, jadis, traîna la bête impure !

MADAME COALTAR

(*En apparence détachée, à Banville.*)

Pourquoi la traîna-t-il ?

BANVILLE

Pour lui griller la hure !

MADAME COALTAR

(*Refroidie, à l'hôtesse.*)

Chère amie, il nous reste à vous dire bonsoir !
N'oubliez pas mon thé !

TALPIN

Ma crémaillère !

MADAME COALTAR

(*Bas, avec une grande pitié feinte.*)

Voir,

Théodore de Banville

Si jeune, ce garçon devenir fou, c'est triste !

L'HOTESSE

Je suis très désolée !

TALPIN

Entre nous, les artistes !...

MADAME COALTAR

Peut-être bien qu'avec des douches, sa santé...

TALPIN

Je n'ai guère d'espoir !... Mon réveillon !

MADAME COALTAR

(Sortant avec Talpin.)

Mon thé !

SCÈNE V

L'HOTESSE, BANVILLE, CLOVIS

L'HOTESSE

Partis !

BANVILLE

Allons, Clovis ! Venez qu'on vous embrasse !

CLOVIS

Maître !

L'HOTESSE

Il tremble, mon Dieu ! Prenez vite une tasse...

CLOVIS

Oh ! merci bien !

L'HOTESSE

(*Lui tendant thé et gâteaux.*)

Voyons !

BANVILLE

Vous l'avez mérité,

Vous avez tenu bon !

CLOVIS

(Mangeant.)

Maître !

BANVILLE

Pas déserté !
On vous a tendu l'or, vous avez voulu l'astre !

CLOVIS

Alors, maître, Paris ?

BANVILLE

(Avec un sourire triste.)

Paris, Toulouse ou Castres !

CLOVIS

Mais on trouve des gens raisonnables ?

BANVILLE

Bien peu !

CLOVIS

Mais alors, l'amour ?

BANVILLE

Bah !

CLOVIS

La fraternité ?

— 56 —

BANVILLE

Peuh !

CLOVIS

Mais alors... mais alors si le monde me lâche,
Si je dois agir seul, j'entreprends une tâche...
Ah ! maître, pourquoi, vous, le poète arrivé,
Pourquoi vous êtes-vous contenté de rêver ?
Pourquoi n'avez-vous pas utilisé vos forces
Pour redresser un peu toutes ces âmes torses ?
Ah ! si vous, vos amis, les poètes en nom,
Vous vous étiez unis pour combattre !... Mais non !
Vous vous êtes livrés à de vaines métriques
Alors que vous deviez prendre en vos mains des triques !

BANVILLE

Hélas ! Ne vois-tu pas que nous, les triomphants,
Nous sommes les hochets de ces peuples enfants ?
Ne vois-tu pas que, tous, nous passons sur la terre
Comme dans un nuage, et qu'on nous déblatère
Si nous voulons sortir de ce nuage, pour
Nous mêler à la foule, à la rue, au plein jour ?
Ne vois-tu pas qu'on nous évite, ou qu'on nous foule ?
Un poète, Clovis ? Mais demande à la foule !
On te dira : « Monsieur, un poète, ça va

Dans un ciel plein d'éclairs, auprès de Jehovah !
Mais, dans une maison peu faite pour la foudre,
Ça risque à tous moments de la réduire en poudre !
Ça s'ouvre des chemins dans votre mobilier,
Ça traîne des Gotons dans tous vos escaliers,
Ça renverse de tous côtés son ambroisie...
Bref, nous n'en voulons pas dans notre bourgeoisie ! »
Oh ! parfois, je le sais, le monde, un peu pantin,
Nous portera sur le pavois, dans des festins,
On fera des discours, on paraîtra sincère,
On tressera des fleurs pour nos anniversaires ;
Mais on se hâtera de nous fleurir, afin
De pouvoir se tourner pour rire d'un air fin ;
Car le monde, vois-tu, qui déjà se méfie
Des songes les plus vains de la philosophie,
Nous trouvera toujours plus ou moins odieux
Parce que nous gardons la liberté des dieux.

CLOVIS

Mais alors, plus d'espoir ? Le destin les condamne
A vivre dans l'ornière ainsi qu'un troupeau d'ânes ?

BANVILLE

Non pas ; gardons-nous bien de renoncer ! L'azur,

Nous pouvons le servir par un moyen plus sûr ;
Car, si nous sommes tous boiteux comme Tyrtée,
Comme lui, nous avons une lyre enchantée.

CLOVIS

Mais en quoi notre lyre ?...

BANVILLE

     Avec une chanson,
Nous ferons avaler la plus rude leçon :
Un jour, sur un bateau, rapporte la légende,
Un maître coq, soudain dépourvu de provende,
Elabora, dans des casseroles ad hoc,
Un certain jus connu de ce seul maître coq ;
Puis il servit dans cette sauce sans pareille
Un mets, que l'on traita de huitième merveille !

L'HOTESSE

Dites-le nous, ce mets ; nous en sommes gloutons !

BANVILLE

La culotte du capitaine en miroton !

L'HOTESSE

Ah ! bravo !

Théodore de Banville

CLOVIS

J'applaudis à cette aimable frime,
Mais ne vois pas...

BANVILLE

Assaisonnons avec nos rimes
L'amère vérité pour en faire un nectar...

CLOVIS

Espérez-vous tromper Talpin ou Coaltar ?
Non, appelons le mal par son nom, sans faiblesse ;
Une rime, ça vole ; une raison, ça blesse !

BANVILLE

Une raison, ça vole encore plus !

CLOVIS

Alors ?

BANVILLE

Alors...
(Léger bruit de coulisses.)
alors...
(Fracas.)

L'HOTESSE

Mais quel charivari, dehors !

— 6o —

SCÈNE VI

ALIZON, L'HOTESSE, BANVILLE, CLOVIS

ALIZON
(Entrant, égarée.)

Madame ! ah ! quel malheur !

L'HOTESSE

Encore un télégramme ?

ALIZON

Un télégramme, non ! Mais un terrible drame !

L'HOTESSE

Oh ?...

ALIZON
(Montrant la porte.)

Le monsieur, la dame !

BANVILLE

Eh bien, bonne Alizon ?

ALIZON

A peine venaient-ils de quitter la maison...
Arrive à l'improviste une de ces machines,
De ces machins que je voudrais tous voir en Chine !

L'HOTESSE

Un vélocipède ?

ALIZON

Oui, surgi comme l'éclair !
Alors la dame, le monsieur, en l'air ! en l'air !
Brisés, moulus, rompus, dispersés dans l'espace !

L'HOTESSE

Mon Dieu ! les pauvres gens !

BANVILLE

Triste fin !

CLOVIS

Comme on passe !

ALIZON

De tous côtés, des mains, des oreilles, des bras !
Il va falloir les ramasser par petits tas !

L'HOTESSE

Ciel !... Alizon, mon waterproof ! Mon chapeau beige !
Dépêchons-nous !

BANVILLE

(A *l'hôtesse qui sort avec Alizon.*)

Nous vous suivons !

— 62 —

SCÈNE VII

BANVILLE, CLOVIS

BANVILLE

(*A Clovis.*)

Alors, disais-je,
Si nous n'arrivons pas par nos seules chansons
A corriger le monde, eh bien ! laissons !

CLOVIS

Laissons ?...

BANVILLE

Oui, mais chantons encore, avec la foi profonde
De servir la Beauté qui règne sur le monde ;
Chantons avec ferveur, sans redouter le jour
Où l'on nous bafoûra, tels des bouffons de cour ;
Car la déesse, alors, pour venger ses aèdes
Se servira de foudre ou de vélocipède,
(En soi-même, un moyen n'a rien d'essentiel !)
Mais les vengera tous des insulteurs de ciel !

— *RIDEAU* —

Achevé d'imprimer le 28 Juin 1923
par Crépin-Leblond, à Moulins.